I0683723

UN

MICHANT RÈVE

PAR

OCTAVIEN BRINGUIER

> La montée estoit torte et de fascheux accez ;
> Tout branloit dessouz nous, jusqu'au dernier estage,
> D'eschelle en eschelon....
>
> (Mathurin REGNIER, *le Mauvais Giste.*)

MONTPELLIER

IMPRIMERIE CENTRALE DU MIDI

RICATEAU, HAMELIN ET Cᵉ

—

M DCCC LXXI

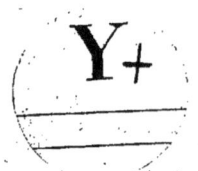

UN

MICHANT RÈVE

PAR

OCTAVIEN BRINGUIER

La montée estoit torte et de fascheux accez ;
Tout branloit dessouz nous, jusqu'au dernier estage ,
D'eschelle en eschelon ....

(Mathurin REGNIER , *le Mauvais Giste*.)

MONTPELLIER
IMPRIMERIE CENTRALE DU MIDI
RICATEAU, HAMELIN ET Cᵒ

M DCCC LXXI

EXTRAIT
DE LA *REVUE DES LANGUES ROMANES*

UN MICHANT RÈVE

(PARLÁ DE MOUNT-PELIÈ)

A MOUN PAIRI DAU FELIBRIGE

LOUIS ROUMIEUX, DE *LA RAMPELADE*

> La montée estoit torte et de fascheux accez ;
> Tout branloit dessouz nous, jusqu'au dernier estage,
> D'eschelle en eschelon. ..
> (Mathurin REGNIER, *le Mauvais Giste.*)

I

Paura, soula, e quinze ans !.. End'aco viva, lèsta,
S'enanava à la font en quilhent sus sa tèsta
Un poulit ourjolet que tenièn sas dos mans ;
E, quand aviè roumplit, s'en camis resquillava,
L'aiga, en beluguejent au sourel, regisclava
E fasiè sus soun col plòure de diamants.

UN MAUVAIS RÈVE

(SOUS-DIALECTE DE MONTPELLIER)

I

Pauvre, seule, et quinze ans !... Malgré cela, vive, leste, — elle s'en allait à la fontaine, en perchant sur sa tête — une jolie petite cruche que retenaient ses deux mains, — et, lorsqu'elle l'avait remplie, si dans sa route elle glissait, — l'eau, en étincelant, rejaillissait au soleil — et faisait sur son cou pleuvoir des diamants.

Aviè de celhas d'or, e sas longas perpèlas
Couma un nìvou d'encens tapavoun dos estellas
Que pèr d'iols angelics Nostre Segne aviè fach;
E se pèr cas charrava, un pau, dins la carrieira,
Sa bouqueta d'enfant semblava una cerieira
Sans clos, entre-douverta e roumplida de lach.

II

Aviè, Madalenou la bella,
De crenta d'èstre pas prou naut,
Bastit soun nis de giroundella,
A la tourre, jout la canau.

Valhenta, oustalièira, propreta,
Sous quauques mobles sans valou
Disièn quicon dins sa cambreta,
Tant granda... qu'un cagaraulou.

Soun lièch semblava una capella,
L'auriàs vista jout lou ridèu

Elle avait des cils d'or, et ses longues paupières, — comme un nuage d'encens, recouvraient deux étoiles — que le Seigneur avait faites pour des yeux angéliques;— et, si par cas elle jasait un peu dans la rue, — sa petite bouche d'enfant ressemblait à une cerise — sans noyau, entr'ouverte et remplie de lait.

II

Elle avait, Madelinette la belle, — craignant de n'être pas assez haut, — bâti son nid d'hirondelle — à la tour, sous la gouttière.

Vaillante, ménagère, proprette ! — Ses quelques meubles sans valeur — avaient de l'apparence dans sa chambrette.... — aussi grande, qu'un petit escargot.

Son lit ressemblait à une chapelle ! —Vous l'auriez vue sous son

De percala — pas de dentella —
Couma una rosa sus la nèu.

III

Un mati se levèt, magagnousa, laiada ;
Estrenèt pas lou jour dau cop de bresilhada
Que fasiè trefouli lou roussignòu jalous.
Una man sus lou sen, descaussa, mièja-nuda,
Quitèt anà soun pèu de tant bella venguda,
Que l'atapèt d'un bound de la tèsta as talous.

D̦avant soun miralhet escartèt, pèr se veire,
Lous pèusses de soun front e, segu, sans s'encreire!
Quicon mai que l'ourgul la deviè boulegà;
De qu'èra ? lou coudous d'una béutat celèsta.
E l'èli samboutit quitèt anà sa tèsta,
E traguèt pèr lou sòu soun miral pèr pregà.

rideau — de percale, non de dentelle, — comme une rose sur la neige.

III

Un matin, elle se leva, mal disposée, inquiète. — Elle n'étrenna pas le jour par ce coup de gosier — qui faisait tressaillir le rossignol jaloux. — Une main sur le sein, déchaussée, demi-nue, — elle laissa tomber ses cheveux d'une si grande longueur, — qu'ils l'enveloppèrent d'un bond de la tête aux talons.

Devant sa petite glace, elle écarta, pour se mirer, — les cheveux de son front, et certes, sans vanité ! — Tout autre sentiment que l'orgueil devait l'émouvoir. — Qu'était-ce ? le surcroît écrasant d'une beauté céleste. — Et le lys ébranlé laissa tomber sa tête, — et jeta sur le sol son miroir pour prier.

IV

En s'envenguent de la courdura,
La nioch, en rève, aviè trouvat,
Pèr passes, una creatura
Rauca, guincha e mourre gravat,

Quicon de vièl e de minable,
Pudent à vous clavà lou cor,
Rascous couma l'ama dau diable,
Descarnat, lourd mai que la mort.

Adounc, acoustèt la manida
En ie diguent: « La bella, ai fam »;
Pioi douçamen: « Siès tant poulida !
Perqué tant trimà, moun enfant ? »

« Paura, tant paura vous assista,
S'hou dis, en ie bailent un sòu,
Madalenou crentousa e trista,
Mès resignen-nous, Dieus hou vòu. »

IV

En s'en revenant de l'ouvrage, — la nuit, en rève, elle avait trouvé — sur ses pas une créature — rauque, louche et museau grêlé,

Une chose vieille et misérable, — puante à soulever le cœur, — teigneuse comme l'âme du diable, — décharnée, laide plus que la mort.

Donc, elle accosta la petite, — en lui disant: « La belle, j'ai faim. » — Puis doucement: « Tu es si jolie! — Pourquoi tant travailler, mon enfant? »

« Pauvre, une aussi pauvre que vous vous assiste, — répartit, en lui donnant un sou, — Madelinette, craintive et triste; — mais résignons-nous, Dieu le veut. »

Au noum de Dieu, la vièlha baucha
Espoutiguèt un rire afrous,
Desparlèt e, de sa man gaucha,
Faguèt lou sinne de la crous.

L'autra, sans esperà soun rèsta,
Couma un jol fres se revirèt.
Savèn qu'aviè la camba lèsta,
Mès pèr carrieiras se perdèt.

V

Seguiguèt l'anà de sa vida !...
Ges d'ajudas, pas un ami,
Resquillent se fasiè l'ardida,
Pioi tournent mai au bon cami.

VI

Entremen qu'antau s'avançava
Dins la nioch tant negra qu'un four,
A las lantèrnas balançava

Au nom de Dieu, la vieille folle — éclata d'un rire affreux, — maugréa, et de sa main gauche — fit le signe de la croix.

L'autre, sans en demander davantage, — comme un goujon frais se retourna. — Nous savons qu'elle avait la jambe leste, — mais en route elle se perdit.

V

Elle suivit l'image de son existence. — Point d'aides, pas un ami, — perdant l'équilibre, lorsqu'elle s'enhardissait trop, — puis revenant encore au bon chemin.

VI

Pendant qu'elle s'avançait ainsi — dans la nuit aussi noire qu'un four, — aux lanternes se balançait — plus de tristesse que de lu-

Mai de tristessa que de jour.
Lou vent gisclava dins lou pìvous,
Amoulounava au cièl de nìvous
Pus espelhats qu'un vièl drapèu ...
De grands degouts... una trounada...
E la pichota espaurugada
S'embaurèt, mès d'aco pus bèu.

Dau cop perdèt la tremountana,
Galinèt de toutas sas cars,
Quand lou batan d'una campana
Piquèt ounze ouras e tres quarts.
Pioi... mièja-nioch !... E lous cridaires,
Las oumbras, lous chis jangoulaires,
La grèla, lou tron, lous uiaus!
Lous clouquiès, ount nisoun las gralhas !
Lous iols das chots sus las muralhas !
Era un branle à ne veni bauchs [1].

mière. — Le vent gémissait dans les peupliers ; — il amoncelait au
ciel des nuages — plus déchiquetés qu'un vieux drapeau... — De
larges gouttes d'eau... un grondement de tonnerre... — et la petite
épouvantée — s'égara, mais du mieux possible...

Pour le coup, elle perdit la tête, — elle frissonna de tout son
corps ; — lorque le battant d'une cloche — sonna onze heures et
trois quarts, — puis minuit !... et les crieurs (de nuit), — les om-
bres, les chiens qui hurlent, — la grêle, la foudre, les éclairs, — les
clochers où nichent les corneilles ! — les yeux des hiboux sur les
murs ! — c'était un sabbat à en devenir fou.

---

[1] A Montpellier, le *ch* ne se prononce pas; l'*s* est la seule des trois con-
sonnes finales de ce mot que l'on fasse sentir.

VII

Jujas quinte espouvent pèr la paura mesquina!
Lou boutel enfangat e d'aiga sus l'esquina,
Aganida de frech, de lassige, de fam,
Prèsta à virà lou sen, souscava, mièja-morta,
Quand, pèr la retirà, s'ouvriguèt una porta
E quaucun sans parlà la tirèt pèr la man.

La porta se barrèt de-tras ela; una lampa,
Avant de s'amoussà, quitèt veire la rampa
D'un oustau sot, pudent. L'enfant s'arrestèt... pioi
Sans s'en rendre resoun, sans vouloüntat ni pena,
Couma l'agnèl seguis lou bouchè que lou mena,
Escalèt.... escalèt... un escaliè de boi.

« Ount anan? » alenèt enfin. — La que menava
Faguèt: «Pas au traval, à l'amour! »—«Nou, soui brava!
Voulès ma perdicioun... dèvigne tout... ai pòu! »
— « Pòu! aici i'a l'uiau qu'embranda l'oustalada!... »

VII

Jugez quel effroi pour la pauvre malheureuse! — Le mollet dans la boue et de l'eau sur l'échine; — exténuée de froid, de fatigue, de faim; — prête à perdre l'esprit, elle sanglotait demi-morte, — lorsque, pour lui donner l'hospitalité, une porte s'ouvrit, — et quelqu'un, sans parler, l'attira par la main.

La porte se ferma derrière elle; — une lampe, avant de s'éteindre, laissa voir la rampe — d'une maison laide, puante. L'enfant s'arrêta; puis, — sans s'en rendre compte, sans volonté ni peine, — comme un agneau suit le boucher qui le conduit, — elle monta, elle monta un escalier de bois.

«Où allons-nous?» soupira-t-elle enfin. Celle qui conduisait — repartit: « Pas au traval, à l'amour.» — « Non, je suis sage; — vous voulez ma perte, je comprends tout... j'ai peur. » — « Peur... voici

L'enfant, l'iol alandat, demourèt clavelada:
« La baucha ! » — s'esclamèt, e boumbiguèt au sòu.

VIII

N'i'a prou; lèva-te, Madalèna;
Aquela fenna tant vilèna,
Guincha, rauca e mourre gravat;
Lou revoulum aboouminable,
L'orre d'aquel oustau minable,
Tout aco lourd, pauruc, dannable...
Es pas mai qu'un rève... as rèvat.

Mès veja s'es pas la lusida
Que vèn ensourelhà ta vida
Pèr que serves en bon repaus...
Saves ce que disiè ta maire:
Lou traval garda de mau faire.
E, se toun cor te dis de plaire,
Escouta un brave mestieirau.

l'éclair qui embrase la maison ! » — L'enfant, l'œil hagard, demeura
clouée : — « La folle ! » s'écria-t-elle, et elle tomba sur le sol.

VIII

C'est assez. Lève-toi, Madeleine. — Cette femme si vilaine, —
louche, rauque, au visage grêlé ; — cette tourmente épouvantable,
— l'horreur de cette maison misérable, — toutes ces choses laides,
affreuses, damnables, — ce n'était qu'un rêve, tu as rêvé.

Mais vois si ce n'est pas une lueur — qui vient comme un rayon
de soleil éclairer ta vie, — pour que tu conserves ta douce tran-
quillité. — Tu sais ce que disait ta mère : — le travail préserve de
l'inconduite. — Mais, si ton cœur te dit de plaire, — écoute un hon-
nête ouvrier.

Du même :

PROUVENÇA

LOUS DEVANCIÈS; — SANTA; — RÈIS E TROUBADOURS;
LA PRENSA; — VÉUSA E NÒVIA; — . . . . —

Précédé d'une note orthograhique par M. Ch. DE TOURTOULON.

———

A paraître sous peu :

LOU ROUMIEU

Legenda dau tems das Comtes de Prouvença

RAMOUN E SOUN SAGAT; — LOUS POUTOUS; — LA CROUS
DAU FRONT; — L'OME DAU BOND IÈU; — LOU MINIS-
TRE; — L'INGRAT.

www.ingramcontent.com/pod-product-compliance
Lightning Source LLC
Chambersburg PA
CBHW061437170626
46811CB00005B/2307